ARCHE

INHALT

Herzlichen Glückwunsch übrigens ...

... zu diesem besonderen Buch. Es beinhaltet eine kurze Rede des großen Schriftstellers George Saunders, die dieser 2013 vor Studenten der Universität von Syracuse gehalten hat. Diese Rede ging anschließend um die Welt und wurde innerhalb weniger Tage von mehr als einer Million Menschen gelesen. Sie füllt nur wenige Seiten, doch was auf diesen wenigen Seiten steht, ist ein Geschenk: Saunders sagt, worauf es im Leben wirklich ankommt – und hat dafür beflügelnde Worte gefunden, die jeder Mensch gelesen haben sollte.

DER AUTOR

George Saunders, geboren 1959 in Amarillo, Texas, lehrt an der Syracuse University und ist einer der wichtigsten Autoren der Gegenwart. Seine Erzählungen gelten als die aktuell besten der US-amerikanischen Literatur; sein erster Roman *Lincoln im Bardo*, der 2017 erschien, erhielt weltweit ein überwältigendes Echo. Saunders lebt mit seiner Familie in der Nähe von New York.

DER ÜBERSETZER

Tim Jung lebt in Hamburg und hat u.a. Anders Nilsens *Große Fragen*, Stephen Collins *Der gigantische Bart, der böse war* und Donald E. Westlakes *Fünf schräge Vögel* ins Deutsche übertragen.

GEORGE SAUNDERS

Herzlichen Glückwunsch übrigens

EIN PAAR GEDANKEN ZUR GÜTE

Aus dem amerikanischen Englisch
von Tim Jung

ARCHE

In liebevoller Erinnerung an meine Großeltern:

John und Jane Clark

George A. und Marie (Mae) Saunders

Herzlichen Glückwunsch übrigens

Im Lauf der Zeit ist diese Art von Rede zu einer Tradition geworden: Ein alter Sack, der seine besten Jahre hinter sich hat und der in seinem Leben eine Reihe schrecklicher Fehler begangen hat (damit bin ich gemeint), gibt einer Gruppe brillanter, tatkräftiger junger Menschen, die allesamt ihre besten Jahre noch vor sich haben (damit seid ihr gemeint), einen von Herzen kommenden Rat.

Ich werde mich jetzt in diese Tradition einreihen.

Also, etwas, wofür die Alten gut sind, mal abgesehen davon, dass man sich Geld von ihnen leihen kann oder dass man sie nach einem kleinen Stepptanz fragen kann, um sich diesen dann amüsiert anzusehen, ist, sie zu fragen: »Was bereust du, wenn du zurückblickst?« Und sie werden es euch sagen. Wie ihr sicher wisst, erzählen sie es mitunter auch ungefragt. Und manchmal erzählen sie es auch, obwohl ihr sie explizit darum gebeten habt, es nicht zu tun. Also: Was bereue ich? Dass es Zeiten gab, in denen ich keine Kohle hatte? Eigentlich nicht. Dass ich scheußliche Jobs hatte, dass ich als »Knöchel-Zieher« im Schlachthaus gearbeitet habe (fragt bloß nicht, was das bedeutet)? Nein. Das bereue ich nicht.

Dass ich in Sumatra, als ich leicht einen im Tee hatte, nackt baden ging und dann hochsah und feststellte, dass da ungefähr dreihundert Affen auf einer Rohrleitung hockten und in den Fluss kackten, in dem ich gerade splitternackt und mit offenem Mund herumtrieb? Und danach todkrank wurde und sieben Monate krank blieb? Auch das nicht, wirklich. Bereue ich die gelegentlichen Demütigungen? Wie damals, beim Eishockey vor nicht gerade wenigen Zuschauern, darunter dieses Mädchen, das ich wirklich mochte, als ich es irgendwie fertigbrachte, hinzuknallen, einen ziemlich schrägen Ton von mir gab und dabei ins eigene Tor schoss und meinen Schläger in die Menge schleuderte um um ein Haar dieses Mädchen zu erwischen? Nein. Noch nicht mal das bereue ich.

Aber es gibt etwas, das mir wirklich leidtut.

Ich war in der Siebten, als ein neues Kind in unsere Klasse kam. Zum Schutz des Persönlichkeitsrechts soll sie im Rahmen dieser Rede »Ellen« heißen. Ellen war klein und schüchtern. Sie trug eine blaue Hornbrille, wie sie damals nur Omas trugen. Wenn sie nervös war – also eigentlich immer –, hatte sie die Angewohnheit, eine Haarsträhne in den Mund zu nehmen und darauf herumzukauen.

Sie kam also an unsere Schule und wohnte in unserem Viertel und wurde die meiste Zeit ignoriert, manchmal auch geärgert (»Schmecken dir deine Haare?« – solche Sprüche). Ich sah, dass sie das verletzte. Ich erinnere mich noch gut daran, wie sie nach so einer Beleidigung aussah: den Blick gesenkt, irgendwie niedergeschmettert, so, als ob sie, nachdem man ihr gerade ihren Platz zugewiesen hatte, mit aller Kraft versuchte, sich in Luft aufzulösen. Nach einer Weile trottete sie schließlich von dannen, die Haarsträhne immer noch im Mund. Ich stellte mir vor, wie ihre Mutter zu Hause nach der Schule so was fragte wie: »Wie war's heute, Schatz?«, und sie sagte: »Och, gut«. Und ihre Mutter fragte: »Hast du neue Freunde gefunden?«, und sie darauf: »Klar, viele«.

Manchmal sah ich sie, wie sie allein in ihrem Vorgarten stand, so, als ob sie Angst hätte, ihn zu verlassen.

Und dann – zog sie weg. Das war's. Ohne tragisches Ende, ohne große Abschiedsschikane.

Den einen Tag war sie da, am nächsten nicht mehr.

Ende der Geschichte.

Tja, was bereue ich daran? Warum muss ich zweiundvierzig Jahre später immer noch daran denken? Verglichen mit den anderen Kindern war ich immer ziemlich *nett* zu ihr. Ich habe nie auch nur ein böses Wort zu ihr gesagt. Tatsächlich habe ich sie manchmal sogar (vorsichtig) in Schutz genommen.

Trotzdem. Es beschäftigt mich.

Hier kommt jetzt etwas, das wahr ist, auch wenn es ein bisschen kitschig klingen mag und ich nicht so genau weiß, was damit anzufangen ist:

Was ich in meinem Leben am meisten bereue, ist, nicht gütig gewesen zu sein.

Diese Momente, in denen ein anderes menschliches Wesen direkt vor mir litt, und ich war nicht ... vernünftig. Zurückhaltend. Milde.

Oder, um die Sache mal andersrum zu betrachten: An wen in eurem Leben erinnert ihr euch am innigsten mit den wärmsten Gefühlen?

Ich wette, an diejenigen, die am gütigsten zu euch waren.

Es ist vielleicht banal und sicherlich nicht leicht umzusetzen, aber ich glaube, man kann sich schlechtere Ziele im Leben setzen als dieses:
Versucht, gütiger zu sein.

Und jetzt kommt die Eine-Million-Dollar-Frage: Was ist unser Problem – warum sind wir nicht gütiger?

Ich glaube Folgendes:

Jeder von uns wird mit einer ganzen Reihe irriger Annahmen geboren, die wahrscheinlich irgendwie darwinistisch sind: Als da wären: (1) Wir sind das Zentrum des Universums (will heißen, unsere persönliche Geschichte ist die wichtigste und interessanteste Geschichte, eigentlich die *einzige*); (2) wir sind vom Universum getrennt (es gibt nur uns und erst dann all den anderen Kram da draußen – Hunde und Schaukeln und Nebraska und tief hängende Wolken und, na ja, eben andere Menschen); und (3) wir sind unsterblich (Leute sterben, okay, klar – du jedenfalls, ich aber nicht).

Nun glauben wir all das nicht wirklich – unser Verstand weiß es besser –, aber unbewusst richten wir unser Leben danach aus, und das führt dazu, dass wir unsere eigenen Bedürfnisse über die Bedürfnisse anderer stellen, obwohl wir tief in unseren Herzen eigentlich weniger selbstsüchtig sein wollen, sondern offener und liebevoller, und mit wacherem Blick für das, was gerade um uns herum geschieht.

Wir wissen, dass wir so sein wollen, weil wir gelegentlich so *waren* – und es uns gefallen hat.

Jetzt die zweite Millionen-Dollar-Frage: Wie können wir das schaffen? Wie können wir liebevoller, offener, weniger selbstsüchtig, präsenter, weniger verblendet usw. sein?

Nun ja, gute Frage.

Leider hab ich nur noch drei Minuten.

Lasst mich nur noch das sagen: Es *gibt* Mittel und Wege. Ihr wisst das bereits, denn in eurem Leben hat es gütige und weniger gütige Phasen gegeben, und ihr wisst, was euch für Ersteres eingenommen und an Letzterem abgestoßen hat. Das ist doch ein spannender Gedanke. Da wir festgestellt haben, dass Güte *variabel* ist, lässt sich daraus ableiten, dass Güte auch *verbesserbar* ist, was bedeutet, dass es Herangehensweisen und Praktiken geben muss, mit denen wir unseren allgemeinen Güte-Level anheben können.

Bildung ist gut; sich in ein Kunstwerk zu vertiefen: gut; Beten ist gut; Meditieren ist gut; ein offenes Gespräch mit einem engen Freund; eine spirituelle Tradition für sich zu entdecken – und zu erkennen, dass es vor uns zahllose wirklich kluge Menschen gegeben hat, die sich genau dieselben Fragen gestellt und uns Antworten hinterlassen haben. Es wäre seltsam und unsinnig, diesen weisen Stimmen aus der Vergangenheit kein Gehör zu schenken – so, wie es auch unsinnig wäre, die Grundlagen der Physik auf eigene Faust noch einmal entdecken zu wollen oder eine neue Art der Hirnchirurgie zu erfinden, ohne sich vorher über die bereits gängigen Methoden zu informieren.

Denn wie sich zeigt, ist die Sache mit der Güte nicht so einfach – am Anfang sieht es nach Schönwetter und Heiapopeia aus, aber dann umfasst sie plötzlich ... nun ja, einfach alles.

Es gibt etwas, das uns in die Hände spielt: Ein Teil dieses »Gütiger-Seins« ergibt sich auf natürlichem Weg, nämlich mit zunehmendem Alter. Vielleicht sind das Abnutzungserscheinungen: Wenn wir älter werden, erkennen wir, wie sinnlos eigennütziges Verhalten ist – geradezu unlogisch. Es passiert einfach, dass wir Zuneigung zu anderen empfinden, was unserer Vorstellung, dass wir selbst von zentraler Bedeutung sind, widerspricht. Das Leben verpasst uns Arschtritte, und Menschen verteidigen und helfen uns, und wir merken, dass wir nicht allein sind und dass wir es auch nicht sein möchten.

Wir sehen Menschen, die uns lieb und teuer sind, aus dem Leben scheiden und kommen so schrittweise zu der Erkenntnis, dass uns das vielleicht auch widerfahren wird (irgendwann einmal jedenfalls, in einer fernen Zukunft). Die meisten Menschen werden mit zunehmendem Alter weniger egoistisch und gütiger. Ich glaube, da ist was dran. Hayden Carruth, der große Dichter der Syracuse University, sagte einmal in einem Gedicht, das er gegen Ende seines Lebens schrieb, dass er nun fast nur noch Liebe sei.

Und deshalb möchte ich euch etwas prophezeien, was ich euch zugleich aus tiefstem Herzen wünsche: Wenn ihr älter werdet, wird euer Ego schrumpfen, und ihr werdet liebevoller. IHR werdet nach und nach LIEBE werden. Wenn ihr Kinder bekommt, wird das ein entscheidender Moment in eurem Prozess der Egoschrumpfung sein. Es wird euch egal sein, was mit EUCH geschieht, solange nur eure Kinder davon profitieren. Das ist einer der Gründe, warum eure Eltern am heutigen Tag so stolz und glücklich sind. Einer ihrer größten Träume wird wahr: Ihr habt etwas Schwieriges und Greifbares geschafft, an dem ihr als Menschen gewachsen seid und das euer Leben besser macht, von diesem Moment an und für immer.

Herzlichen Glückwunsch übrigens.

In jungen Jahren brennen wir – verständlicherweise – darauf, herauszufinden, was in uns steckt. Werden wir erfolgreich sein? Können wir uns eine eigene Existenz aufbauen? Ihr aber – gerade eure Generation – habt vielleicht schon festgestellt, dass Ehrgeiz Konjunkturzyklen hat: Ihr legt euch in der Schule ins Zeug, damit ihr einen Studienplatz an einer guten Uni bekommt, damit ihr euch an der Uni ins Zeug legen könnt, damit ihr einen guten Job ergattert, damit ihr euch im Job ins Zeug legen könnt, damit ihr ... usw. usf.

Und das ist völlig in Ordnung. Wenn wir gütiger werden wollen, setzt das voraus, dass wir uns selbst ernst nehmen – als Macher, als Vollender, als Träumer. Wir sind es uns schuldig, das Beste aus uns zu machen.

Dennoch ist Vollendung eine unzuverlässige Angelegenheit. »Erfolgreich sein« – was auch immer das für euch jeweils bedeutet – ist anstrengend, und der Drang hört nie auf (Erfolg ist wie ein Berg, der immer höher wird, während man ihn hinaufwandert), und es besteht die Gefahr, dass das Ringen um Erfolg euer ganzes Leben beherrscht, während die großen Fragen links liegen bleiben.

Im Rückblick ist mir klar geworden, dass ich einen großen Teil meines Lebens wie in einer Wolke verbracht habe, wodurch mir die Sache mit dem »Gütig-Sein« aus dem Blick geraten ist. Eine Wolke aus: Sorge, Angst, Unsicherheit, Getriebenheit. Der fälschlichen Annahme, dass nur genug Erfolg mich von allen Sorgen, Ängsten, Unsicherheiten und aller Getriebenheit befreit. Der Vorstellung, dass meine Neurosen verschwinden würden, wenn ich nur genug Erfolg, Geld, Ruhm *angehäuft* hätte. In diesem Nebel tappte ich mindestens seit meinem eigenen Uniabschluss herum. Jahrelang sah es so in mir aus: Güte, klar – aber erst will ich noch dieses Semester beenden, diesen Abschluss ergattern, dieses eine Buch fertigschreiben; lass mich erst schnell noch in diesem Job glänzen und mir eben noch dieses bestimmte Haus leisten können und diese Kinder da großziehen, und dann, sobald ich das erledigt habe, werde ich mich mit der Frage der Güte befassen. Leider aber kommt man nie zum Ende. Es ist ein Kreislauf, der nie aufhört.

So, zum Ende des Sermons noch ein kurzer Rat: Da euer Leben gemäß meinen Ausführungen ein Prozess sein wird, bei dem ihr nach und nach immer gütiger und liebevoller werdet: Haltet euch ran. Drückt auf die Tube. Legt sofort damit los. Jeder von uns kennt diese Verwirrung, die eigentlich eine Krankheit ist: eine Krankheit namens Selbstsucht. Aber es gibt auch eine Heilung.

Seid euch selbst ein guter, aktiver, durchaus auch etwas verzweifelter Patient – widmet den Rest eures Lebens der Suche nach der wirksamsten Medizin gegen Egoismus. Findet heraus, was euch gütiger macht, wie ihr euch öffnen könnt und was euer liebevollstes, großzügigstes und unerschrockenstes Ich zum Vorschein bringt – und strebt danach, als wäre alles andere egal.

Denn tatsächlich ist alles andere egal.

Natürlich sollt ihr euch auch all dem anderen widmen, folgt euren Ambitionen: Geht auf Reisen, werdet reich, werdet berühmt, erfindet etwas, verliebt euch, macht ein Vermögen und verliert es wieder, geht nackt in einem Dschungelfluss baden (nachdem ihr euch versichert habt, dass keine Affenkacke darin schwimmt), aber während ihr all das macht, behaltet die Sache mit der Güte fest im Blick. Nehmt das in Angriff, was euch mit den großen Fragen konfrontiert, und vermeidet alles, was euch klein und gewöhnlich macht. Dieser leuchtende Teil von euch, der über eure Persönlichkeit hinausgeht – nennen wir ihn mal Seele –, kann so hell und klar leuchten wie nichts sonst auf der Welt. Hell wie Shakespeare, hell wie Gandhi, hell wie Mutter Teresa. Schafft alles aus dem Weg, was zwischen euch und diesem geheimen, hell leuchtenden Ort steht. Glaubt an ihn, beschäftigt euch damit, hegt ihn und teilt unermüdlich seine Früchte.

Und irgendwann in achtzig Jahren, wenn ihr hundert seid und ich hundertvierunddreißig und wir alle so gütig und liebevoll sind, dass es kaum noch auszuhalten ist, dann schreibt mir mal und erzählt, wie euer Leben war. Ich hoffe, dass ihr sagen werdet:
Es war wunderschön.

Ich wünsche euch große Freude, alles Glück der Welt und einen schönen Sommer.

Die Originalausgabe erschien 2014 unter dem Titel *Congratulations, by the Way. Some Thoughts on Kindness* bei Random House (ein Imprint der Random House, LLC, Penguin Random House Company, New York).

FSC www.fsc.org
MIX
Papier aus verantwortungsvollen Quellen
FSC® C014496

ISBN 978-3-7160-2781-3

Deutsche Erstausgabe
3. Auflage 2020

Umschlaggestaltung: Hauptmann & Kompanie Werbeagentur, Zürich

Gesetzt aus der Noah
Druck und Bindung: GGP Media GmbH, Pößneck
Printed in Germany
www.arche-verlag.com